Miguel de Cervantes Saavedra

El casamiento engañoso

Barcelona 2024
Linkgua-ediciones.com

Créditos

Título original: El casamiento engañoso.

© 2024, Red ediciones S.L.

e-mail: info@linkgua.com

Diseño de cubierta: Michel Mallard.

ISBN rústica ilustrada: 978-84-9816-364-3.
ISBN tapa dura: 978-84-9953-617-0.
ISBN ebook: 978-84-9953-079-6.

Sumario

Brevísima presentación

La vida

Miguel de Cervantes Saavedra (Alcalá de Henares, 1547-Madrid, 1616). España.

Era hijo de un cirujano, Rodrigo Cervantes, y de Leonor de Cortina. Se sabe muy poco de su infancia y adolescencia. Aunque se ha confirmado que era el cuarto entre siete hermanos. Las primeras noticias que se tienen de Cervantes son de su etapa de estudiante, en Madrid.

A los veintidós años se fue a Italia, para acompañar al cardenal Acquaviva. En 1571 participó en la batalla de Lepanto, donde sufrió heridas en el pecho y la mano izquierda. Y aunque su brazo quedó inutilizado, combatió después en Corfú, Ambarino y Túnez.

En 1584 se casó con Catalina de Palacios, no fue un matrimonio afortunado. Tres años más tarde, en 1587, se trasladó a Sevilla y fue comisario de abastos. En esa ciudad sufrió cárcel varias veces por sus problemas económicos, y hacia 1603 o 1604 se fue a Valladolid, allí también fue a prisión, esta vez acusado de un asesinato. Desde 1606, tras la publicación del Quijote, fue reconocido como un escritor famoso y vivió en Madrid.

La trama

Campuzano se desespera ante las burlas de doña Estefanía, a la que él también pensaba burlar. Numerosos pensamientos y emociones se enfrentan en su mente. Ignora además que ella le ha contagiado una enfermedad venérea de graves efectos físicos y psicológicos.

Durante su convalescencia en el hospital Campuzano escucha los diálogos de unos perros, que por inverosímiles, causarán gran impresión en su vida y los transcribe, maravillado con la sabiduría de los animales. Está convencido de que su vida ha sido una vida de perro.

Esta novela, nos remite al *Coloquio de los perros* del propio Cervantes.

El casamiento engañoso

Salía del hospital de la Resurrección, que está en Valladolid fuera de la puerta del Campo, un soldado que por servirle su espada de báculo y por la flaqueza de sus piernas y amarillez de su rostro mostraba bien claro que aunque no era el tiempo muy caluroso debía de haber sudado en veinte días todo el humor que quizá granjeó en una hora. Iba haciendo pinitos y dando traspiés como convaleciente, y al entrar por la puerta de la ciudad vio que hacia él venía un su amigo a quien no había visto en más de seis meses, el cual, santiguándose como si viera alguna mala visión, llegándose a él le dijo:

—¿Qué es esto, señor alférez Campuzano? ¿Es posible que está vuesa merced en esta tierra? ¡Como quien soy que le hacía en Flandes, antes terciando allá la pica que arrastrando aquí la espada! ¿Qué color, qué flaqueza es ésa?

A lo cual respondió Campuzano:

—A lo si estoy en esta tierra o no, señor licenciado Peralta, el verme en ella le responde; a las demás preguntas no tengo qué decir, sino que salgo de aquel hospital de sudar catorce cargas de bubas que me echó a cuestas una mujer que escogí por mía, que non debiera.

—¿Luego casóse vuesa merced? —replicó Peralta.

—Sí, señor —respondió Campuzano.

—Sería por amores —dijo Peralta—, y tales casamientos traen consigo aparejada la ejecución del arrepentimiento.

—No sabré decir si fue por amores —respondió el alférez—, aunque sabré afirmar que fue por dolores, pues de mi casamiento, o cansamiento, saqué tantos en el cuerpo y en el alma, que los del cuerpo, para entretenerlos, me cuestan cuarenta sudores, y los del alma no hallo remedio para aliviarlos siquiera. Pero, porque no estoy para tener largas pláticas en la calle, vuesa merced me perdone; que otro día con más comodidad le daré cuenta de mis sucesos, que son los más nuevos y peregrinos que vuesa merced habrá oído en todos los días de su vida.

—No ha de ser así —dijo el licenciado—, sino que quiero que venga conmigo a mi posada, y allí haremos penitencia juntos; que la olla es muy de enfermo, y, aunque está tasada para dos, un pastel suplirá con mi criado; y si la convalecencia lo sufre, unas lonjas de jamón de Rute nos harán la salva, y, sobre todo, la buena voluntad con que lo ofrezco, no solo esta vez, sino todas las que vuesa merced quisiere.

Agradecióselo Campuzano y aceptó el convite y los ofrecimientos.

Fueron a San Llorente, oyeron misa, llevóle Peralta a su casa, diole lo prometido y ofrecióselo de nuevo, y pidióle, en acabando de comer, le contase los sucesos que tanto le había encarecido. No se hizo de rogar Campuzano; antes, comenzó a decir desta manera:

—«Bien se acordará vuesa merced, señor licenciado Peralta, como yo hacía en esta ciudad camarada con el capitán Pedro de Herrera, que ahora está en Flandes.»

—Bien me acuerdo —respondió Peralta.

—«Pues un día —prosiguió Campuzano— que acabábamos de comer en aquella posada de la Solana, donde vivíamos, entraron dos mujeres de gentil parecer con dos criadas: la una se puso a hablar con el capitán en pie, arrimados a una ventana; y la otra se sentó en una silla junto a mí, derribado el manto hasta la barba, sin dejar ver el rostro más de aquello que concedía la raridad del manto; y, aunque le supliqué que por cortesía me hiciese merced de descubrirse, no fue posible acabarlo con ella, cosa que me encendió más el deseo de verla. Y, para acrecentarle más, o ya fuese de industria [o] acaso, sacó la señora una muy blanca mano con muy buenas sortijas. Estaba yo entonces bizarrísimo, con aquella gran cadena que vuesa merced debió de conocerme, el sombrero con plumas y cintillo, el vestido de colores, a fuer de soldado, y tan gallardo, a los ojos de mi locura, que me daba a entender que las podía matar en el aire. Con todo esto, le rogué que se descubriese, a lo que ella me respondió: "No seáis importuno: casa tengo, haced a un paje que me siga; que, aunque yo soy más honrada de lo que promete esta respuesta, todavía, a trueco de ver si responde vuestra discreción a vuestra gallardía, holgaré de que me veáis". Beséle las manos por la grande merced que me hacía, en pago de la cual le prometí montes de oro. Acabó el capitán su plática; ellas se fueron, siguiólas un criado mío. Díjome el capitán que lo que la dama le quería era que le llevase unas cartas a Flandes a otro capitán, que decía ser su primo, aunque él sabía que no era sino su galán.

»Yo quedé abrasado con las manos de nieve que había visto, y muerto por el rostro que deseaba ver; y así, otro día, guiándome mi criado, dióseme libre entrada. Hallé una casa muy bien aderezada y una mujer de hasta treinta años, a quien conocí por las manos. No era hermosa en estremo, pero éralo de suerte que podía enamorar comunicada, porque tenía un tono de habla tan suave que se entraba por los oídos en el alma. Pasé con ella luengos y amorosos coloquios, blasoné, hendí, rajé, ofrecí, prometí y hice todas las demonstraciones que me pareció ser necesarias para hacerme bienquisto con ella. Pero, como ella estaba hecha a oír semejantes o mayores ofrecimientos y razones, parecía que les daba atento oído antes que crédito alguno. Finalmente, nuestra plática se pasó en flores cuatro días que continué en visitalla, sin que llegase a coger el fruto que deseaba.

»En el tiempo que la visité, siempre hallé la casa desembarazada, sin que viese visiones en ella de parientes fingidos ni de amigos verdaderos; servíala una moza más taimada que simple. Finalmente, tratando mis amores como soldado que está en víspera de mudar, apuré a mi señora doña Estefanía de Caicedo (que éste es el nombre de la que así me tiene) y respondíome: "Señor alférez Campuzano, simplicidad sería si yo quisiese venderme a vuesa merced por santa: pecadora he sido, y aún ahora lo soy, pero no de manera que los vecinos me murmuren ni los apartados me noten. Ni de mis padres ni de otro pariente heredé hacienda alguna, y con todo esto vale el menaje de mi casa, bien validos, dos mil y quinientos escudos; y éstos en cosas que, puestas en almoneda, lo que se tardare en ponellas se tardará en convertirse en dineros. Con esta hacienda busco marido a quien entregarme y a quien tener obediencia; a quien, juntamente con la enmienda de mi vida, le entregaré una increíble solicitud de regalarle y servirle; porque no tiene príncipe cocinero más goloso ni que mejor sepa dar el punto a los guisados que le sé dar yo, cuando, mostrando ser casera, me quiero poner a ello. Sé ser mayordomo en casa, moza en la cocina y señora en la sala; en efeto, sé mandar y sé hacer que me obedezcan. No desperdicio nada y allego mucho; mi real no vale menos, sino mucho más cuando se gasta por mi orden. La ropa blanca que tengo, que es mucha y muy buena, no se sacó de tiendas ni lenceros; estos pulgares y los de mis criadas la hilaron; y si pudiera tejerse en casa, se tejiera. Digo estas alabanzas mías porque no acarrean vituperio cuando es forzosa la necesidad de decirlas. Finalmente, quiero decir que yo busco marido que me ampare, me mande y me honre, y no galán que me sirva y me vitupere. Si vuesa merced gustare de aceptar la prenda que se le ofrece, aquí estoy moliente y corriente, sujeta a todo aquello que vuesa merced ordenare, sin andar en venta, que es lo mismo andar en lenguas de casamenteros, y no hay ninguno tan bueno para concertar el todo como las mismas partes".

»Yo, que tenía entonces el juicio, no en la cabeza, sino en los carcañares, haciéndoseme el deleite en aquel punto mayor de lo que en la imaginación le pintaba, y ofreciéndoseme tan a la vista la cantidad de hacienda, que ya la contemplaba en dineros convertida, sin hacer otros discursos de aquellos a que daba lugar el gusto, que me tenía echados grillos al entendimiento, le dije que yo era el venturoso y bien afortunado en haberme dado el cielo, casi por milagro, tal compañera, para hacerla señora de mi voluntad y de mi hacienda, que no era tan poca que no valiese, con aquella cadena que traía al cuello y con otras joyuelas que tenía en casa, y con deshacerme de algunas galas de soldado, más de dos mil ducados, que juntos con los dos mil y quinientos suyos, era suficiente cantidad para retirarnos a vivir a una aldea de donde yo era natural y adonde tenía algunas raíces; hacienda tal que, sobrellevada con el dinero, vendiendo los frutos a su tiempo, nos podía dar una vida alegre y descansada.

»En resolución, aquella vez se concertó nuestro desposorio, y se dio traza cómo los dos hiciésemos información de solteros, y en los tres días de fiesta que vinieron luego juntos en una Pascua se hicieron las amonestaciones, y al cuarto día nos desposamos, hallándose presentes al desposorio dos amigos míos y un mancebo que ella dijo ser primo suyo, a quien yo me ofrecí por pariente con palabras de mucho comedimiento, como lo habían sido todas las que hasta entonces a mi nueva esposa había dado, con intención tan torcida y traidora que la quiero callar; porque, aunque estoy diciendo verdades, no son verdades de confesión, que no pueden dejar de decirse.

»Mudó mi criado el baúl de la posada a casa de mi mujer; encerré en él, delante della, mi magnífica cadena; mostréle otras tres o cuatro, si no tan grandes, de mejor hechura, con otros tres o cuatro cintillos de diversas suertes; hícele patentes mis galas y mis plumas, y entreguéle para el gasto de casa hasta cuatrocientos reales que tenía. Seis días gocé del pan de la boda, espaciándome en casa como el yerno ruin en la del suegro rico. Pisé ricas alhombras, ahajé sábanas de holanda, alumbréme con candeleros de plata; almorzaba en la cama, levantábame a las once, comía a las doce y a las dos sesteaba en el estrado; bailábanme doña Estefanía y la moza el agua delante. Mi mozo, que hasta allí le había conocido perezoso y lerdo, se había vuelto un corzo. El rato que doña Estefanía faltaba de mi lado, la habían de hallar en la cocina, toda solícita en ordenar guisados que me despertasen el gusto y me avivasen el apetito. Mis camisas, cuellos y pañuelos eran un nuevo Aranjuez de flores, según olían, bañados en la agua de ángeles y de azahar que sobre ellos se derramaba.

»Pasáronse estos días volando, como se pasan los años, que están debajo de la jurisdición del tiempo; en los cuales días, por verme tan regalado y tan bien servido, iba mudando en buena la mala intención con que aquel negocio había comenzado. Al cabo de los cuales, una mañana, que aún estaba con doña Estefanía en la cama, llamaron con grandes golpes a la puerta de la calle. Asomóse la moza a la ventana y, quitándose al momento, dijo: "¡Oh, que sea ella la bien venida! ¿Han visto, y cómo ha venido más presto de lo que escribió el otro día?" "¿Quién es la que ha venido, moza?", le pregunté. "¿Quién?", respondió ella." Es mi señora doña Clementa Bueso, y viene con ella el señor don Lope Meléndez de Almendárez, con otros dos criados, y Hortigosa, la dueña que llevó consigo". "¡Corre, moza, bien haya yo, y ábrelos!", dijo a este punto doña Estefanía; "y vos, señor, por mi amor que no os alborotéis ni respondáis por mí a ninguna cosa que contra mí oyéredes". "Pues ¿quién ha de deciros cosa que os ofenda, y más estando yo delante? Decidme: ¿qué gente es ésta?, que me parece que os ha alborotado su venida". "No tengo lugar de responderos", dijo doña Estefanía: "solo sabed que todo lo que aquí pasare es fingido y que tira a cierto designio y efeto que después sabréis".

»Y, aunque quisiera replicarle a esto, no me dio lugar la señora doña Clementa Bueso, que se entró en la sala, vestida de raso verde prensado, con muchos pasamanos de oro, capotillo de lo mismo y con la misma guarnición, sombrero con plumas verdes, blancas y encarnadas, y con rico cintillo de oro, y con un delgado velo cubierta la mitad del rostro. Entró con ella el señor don Lope Meléndez de Almendárez, no menos bizarro que ricamente vestido de camino. La dueña Hortigosa fue la primera que habló, diciendo: "¡Jesús! ¿Qué es esto? ¿Ocupado el lecho de mi señora doña Clementa, y más con ocupación de hombre? ¡Milagros veo hoy en esta casa! ¡A fe que se ha ido bien del pie a la mano la señora doña Estefanía, fiada en la amistad de mi señora!" "Yo te lo prometo, Hortigosa", replicó doña Clementa; "pero yo me tengo la culpa. ¡Que jamás escarmiente yo en tomar amigas que no lo saben ser si no es cuando les viene a cuento!" A todo lo cual respondió doña Estefanía: "No reciba vuesa merced pesadumbre, mi señora doña Clementa Bueso, y entienda que no sin misterio vee lo que vee en esta su casa: que, cuando lo sepa, yo sé que quedaré desculpada y vuesa merced sin ninguna queja".

»En esto, ya me había puesto yo en calzas y en jubón; y, tomándome doña Estefanía por la mano, me llevó a otro aposento, y allí me dijo que aquella su amiga quería hacer una burla a aquel don Lope que venía con ella, con quien pretendía casarse; y que la burla era darle a entender que aquella casa y cuanto estaba en ella era todo suyo, de lo cual pensaba hacerle carta de dote; y que hecho el casamiento se le daba poco que se descubriese el engaño, fiada en el grande amor que el don Lope la tenía. "Y luego se me volverá lo que es mío, y no se le tendrá a mal a ella, ni a otra mujer alguna, de que procure buscar marido honrado, aunque sea por medio de cualquier embuste".

»Yo le respondí que era grande estremo de amistad el que quería hacer, y que primero se mirase bien en ello, porque después podría ser tener necesidad de valerse de la justicia para cobrar su hacienda. Pero ella me respondió con tantas razones, representando tantas obligaciones que la obligaban a servir a doña Clementa, aun en cosas de más importancia, que, mal de mi grado y con remordimiento de mi juicio, hube de condecender con el gusto de doña Estefanía, asegurándome ella que solos ocho días podía durar el embuste, los cuales estaríamos en casa de otra amiga suya. Acabámonos de vestir ella y yo, y luego, entrándose a despedir de la señora doña Clementa Bueso y del señor don Lope Meléndez de Almendárez, hizo a mi criado que se cargase el baúl y que la siguiese, a quien yo también seguí, sin despedirme de nadie.

»Paró doña Estefanía en casa de una amiga suya, y, antes que entrásemos dentro, estuvo un buen espacio hablando con ella, al cabo del cual salió una moza y dijo que entrásemos yo y mi criado. Llevónos a un aposento estrecho, en el cual había dos camas tan juntas que parecían una, a causa que no había espacio que las dividiese, y las sábanas de entrambas se besaban. En efeto, allí estuvimos seis días, y en todos ellos no se pasó hora que no tuviésemos pendencia, diciéndole la necedad que había hecho en haber dejado su casa y su hacienda, aunque fuera a su misma madre.

»En esto, iba yo y venía por momentos; tanto, que la huéspeda de casa, un día que doña Estefanía dijo que iba a ver en qué término estaba su negocio, quiso saber de mí qué era la causa que me movía a reñir tanto con ella, y qué cosa había hecho que tanto se la afeaba, diciéndole que había sido necedad notoria más que amistad perfeta. Contéle todo el cuento, y cuando llegué a decir que me había casado con doña Estefanía, y la dote que trujo y la simplicidad que había hecho en dejar su casa y hacienda a doña Clementa, aunque fuese con tan sana intención como era alcanzar tan principal marido como don Lope, se comenzó a santiguar y a hacerse cruces con tanta priesa, y con tanto "¡Jesús, Jesús, de la mala hembra!", que me puso en gran turbación; y al fin me dijo: "Señor alférez, no sé si voy contra mi conciencia en descubriros lo que me parece que también la cargaría si lo callase; pero, a Dios y a ventura, sea lo que fuere, ¡viva la verdad y muera la mentira! La verdad es que doña Clementa Bueso es la verdadera señora de la casa y de la hacienda de que os hicieron la dote; la mentira es todo cuanto os ha dicho doña Estefanía: que ni ella tiene casa, ni hacienda, ni otro vestido del que trae puesto. Y el haber tenido lugar y espacio para hacer este embuste fue que doña Clementa fue a visitar unos parientes suyos a la ciudad de Plasencia, y de allí fue a tener novenas en Nuestra Señora de Guadalupe, y en este entretanto dejó en su casa a doña Estefanía, que mirase por ella, porque, en efeto, son grandes amigas; aunque, bien mirado, no hay que culpar a la pobre señora, pues ha sabido granjear a una tal persona como la del señor alférez por marido".

»Aquí dio fin a su plática y yo di principio a desesperarme, y sin duda lo hiciera si tantico se descuidara el ángel de mi guarda en socorrerme, acudiendo a decirme en el corazón que mirase que era cristiano y que el mayor pecado de los hombres era el de la desesperación, por ser pecado de demonios. Esta consideración o buena inspiración me conhortó algo; pero no tanto que dejase de tomar mi capa y espada y salir a buscar a doña Estefanía, con prosupuesto de hacer en ella un ejemplar castigo; pero la suerte, que no sabré decir si mis cosas empeoraba o mejoraba, ordenó que en ninguna parte donde pensé hallar a doña Estefanía la hallase. Fuime a San Llorente, encomendéme a Nuestra Señora, sentéme sobre un escaño, y con la pesadumbre me tomó un sueño tan pesado, que no despertara tan presto si no me despertaran.

»Fui lleno de pensamientos y congojas a casa de doña Clementa, y halléla con tanto reposo como señora de su casa; no le osé decir nada, porque estaba el señor don Lope delante. Volví en casa de mi huéspeda, que me dijo haber contado a doña Estefanía como yo sabía toda su maraña y embuste; y que ella le preguntó qué semblante había yo mostrado con tal nueva, y que le había respondido que muy malo, y que, a su parecer, había salido yo con mala intención y con peor determinación a buscarla. Díjome, finalmente, que doña Estefanía se había llevado cuanto en el baúl tenía, sin dejarme en él sino un solo vestido de camino. ¡Aquí fue ello! ¡Aquí me tuvo de nuevo Dios de su mano! Fui a ver mi baúl, y halléle abierto y como sepultura que esperaba cuerpo difunto, y a buena razón había de ser el mío, si yo tuviera entendimiento para saber sentir y ponderar tamaña desgracia.»

—Bien grande fue —dijo a esta sazón el licenciado Peralta— haberse llevado doña Estefanía tanta cadena y tanto cintillo; que, como suele decirse, todos los duelos..., etc.

—Ninguna pena me dio esa falta —respondió el alférez—, pues también podré decir: "Pensóse don Simueque que me engañaba con su hija la tuerta, y por el Dío, contrecho soy de un lado".

—No sé a qué propósito puede vuesa merced decir eso —respondió Peralta.

—El propósito es —respondió el alférez— de que toda aquella balumba y aparato de cadenas, cintillos y brincos podía valer hasta diez o doce escudos.

—Eso no es posible —replicó el licenciado—; porque la que el señor alférez traía al cuello mostraba pesar más de docientos ducados.

—Así fuera —respondió el alférez— si la verdad respondiera al parecer; pero como no es todo oro lo que reluce, las cadenas, cintillos, joyas y brincos, con solo ser de alquimia se contentaron; pero estaban tan bien hechas, que solo el toque o el fuego podía descubrir su malicia.

—Desa manera —dijo el licenciado—, entre vuesa merced y la señora doña Estefanía, pata es la traviesa.

—Y tan pata —respondió el alférez—, que podemos volver a barajar; pero el daño está, señor licenciado, en que ella se podrá deshacer de mis cadenas y yo no de la falsía de su término; y en efeto, mal que me pese, es prenda mía.

—Dad gracias a Dios, señor Campuzano —dijo Peralta—, que fue prenda con pies, y que se os ha ido, y que no estáis obligado a buscarla.

—Así es —respondió el alférez—; pero, con todo eso, sin que la busque, la hallo siempre en la imaginación, y, adondequiera que estoy, tengo mi afrenta presente.

—No sé qué responderos —dijo Peralta—, si no es traeros a la memoria dos versos de Petrarca, que dicen:

> Ché, qui prende dicleto di far fiode;
> Non si de lamentar si altri l'ingana.

Que responden en nuestro castellano: «Que el que tiene costumbre y gusto de engañar a otro no se debe quejar cuando es engañado».

—Yo no me quejo —respondió el alférez—, sino lastímome: que el culpado no por conocer su culpa deja de sentir la pena del castigo. Bien veo que quise engañar y fui engañado, porque me hirieron por mis propios filos; pero no puedo tener tan a raya el sentimiento que no me queje de mí mismo. «Finalmente, por venir a lo que hace más al caso a mi historia (que este nombre se le puede dar al cuento de mis sucesos), digo que supe que se había llevado a doña Estefanía el primo que dije que se halló a nuestros desposorios, el cual de luengos tiempos atrás era su amigo a todo ruedo. No quise buscarla, por no hallar el mal que me faltaba. Mudé posada y mudé el pelo dentro de pocos días, porque comenzaron a pelárseme las cejas y las pestañas, y poco a poco me dejaron los cabellos, y antes de edad me hice calvo, dándome una enfermedad que llaman lupicia, y por otro nombre más claro, la pelarela. Halléme verdaderamente hecho pelón, porque ni tenía barbas que peinar ni dineros que gastar. Fue la enfermedad caminando al paso de mi necesidad, y, como la pobreza atropella a la honra, y a unos lleva a la horca y a otros al hospital, y a otros les hace entrar por las puertas de sus enemigos con ruegos y sumisiones (que es una de las mayores miserias que puede suceder a un desdichado), por no gastar en curarme los vestidos que me habían de cubrir y honrar en salud, llegado el tiempo en que se dan los sudores en el Hospital de la Resurrección, me entré en él, donde he tomado cuarenta sudores. Dicen que quedaré sano si me guardo: espada tengo, lo demás Dios lo remedie.»

Ofreciósele de nuevo el licenciado, admirándose de las cosas que le había contado.

—Pues de poco se maravilla vuesa merced, señor Peralta —dijo el alférez—; que otros sucesos me quedan por decir que exceden a toda imaginación, pues van fuera de todos los términos de naturaleza: no quiera vuesa merced saber más, sino que son de suerte que doy por bien empleadas todas mis desgracias, por haber sido parte de haberme puesto en el hospital, donde vi lo que ahora diré, que es lo que ahora ni nunca vuesa merced podrá creer, ni habrá persona en el mundo que lo crea.

Todos estos preámbulos y encarecimientos que el alférez hacía, antes de contar lo que había visto, encendían el deseo de Peralta de manera que, con no menores encarecimientos, le pidió que luego luego le dijese las maravillas que le quedaban por decir.

—Ya vuesa merced habrá visto —dijo el alférez— dos perros que con dos lanternas andan de noche con los hermanos de la Capacha, alumbrándoles cuando piden limosna.

—Sí he visto —respondió Peralta.

—También habrá visto o oído vuesa merced —dijo el alférez— lo que dellos se cuenta: que si acaso echan limosna de las ventanas y se cae en el suelo, ellos acuden luego a alumbrar y a buscar lo que se cae, y se paran delante de las ventanas donde saben que tienen costumbre de darles limosna; y, con ir allí con tanta mansedumbre que más parecen corderos que perros, en el hospital son unos leones, guardando la casa con grande cuidado y vigilancia.

—Yo he oído decir —dijo Peralta— que todo es así, pero eso no me puede ni debe causar maravilla.

—Pues lo que ahora diré dellos es razón que la cause, y que, sin hacerse cruces, ni alegar imposibles ni dificultades, vuesa merced se acomode a creerlo; y es que yo oí y casi vi con mis ojos a estos dos perros, que el uno se llama Cipión y el otro Berganza, estar una noche, que fue la penúltima que acabé de sudar, echados detrás de mi cama en unas esteras viejas; y, a la mitad de aquella noche, estando a escuras y desvelado, pensando en mis pasados sucesos y presentes desgracias, oí hablar allí junto, y estuve con atento oído escuchando, por ver si podía venir en conocimiento de los que hablaban y de lo que hablaban; y a poco rato vine a conocer, por lo que hablaban, los que hablaban, y eran los dos perros, Cipión y Berganza.

Apenas acabó de decir esto Campuzano, cuando, levantándose el licenciado, dijo:

—Vuesa merced quede mucho en buen hora, señor Campuzano, que hasta aquí estaba en duda si creería o no lo que de su casamiento me había contado; y esto que ahora me cuenta de que oyó hablar los perros me ha hecho declarar por la parte de no creelle ninguna cosa. Por amor de Dios, señor alférez, que no cuente estos disparates a persona alguna, si ya no fuere a quien sea tan su amigo como yo.

—No me tenga vuesa merced por tan ignorante —replicó Campuzano— que no entienda que, si no es por milagro, no pueden hablar los animales; que bien sé que si los tordos, picazas y papagayos hablan, no son sino las palabras que aprenden y toman de memoria, y por tener la lengua estos animales cómoda para poder pronunciarlas; mas no por esto pueden hablar y responder con discurso concertado, como estos perros hablaron; y así, muchas veces, después que los oí, yo mismo no he querido dar crédito a mí mismo, y he querido tener por cosa soñada lo que realmente estando despierto, con todos mis cinco sentidos, tales cuales nuestro Señor fue servido dármelos, oí, escuché, noté y, finalmente, escribí, sin faltar palabra, por su concierto; de donde se puede tomar indicio bastante que mueva y persuada a creer esta verdad que digo. Las cosas de que trataron fueron grandes y diferentes, y más para ser tratadas por varones sabios que para ser dichas por bocas de perros. Así que, pues yo no las pude inventar de mío, a mi pesar y contra mi opinión, vengo a creer que no soñaba y que los perros hablaban.

—¡Cuerpo de mí! —replicó el licenciado—. ¡Si se nos ha vuelto el tiempo de Maricastaña, cuando hablaban las calabazas, o el de Isopo, cuando departía el gallo con la zorra y unos animales con otros!

—Uno dellos sería yo, y el mayor —replicó el alférez—, si creyese que ese tiempo ha vuelto; y aun también lo sería si dejase de creer lo que oí y lo que vi, y lo que me atreveré a jurar con juramento que obligue y aun fuerce, a que lo crea la misma incredulidad. Pero, puesto caso que me haya engañado, y que mi verdad sea sueño, y el porfiarla disparate, ¿no se holgará vuesa merced, señor Peralta, de ver escritas en un coloquio las cosas que estos perros, o sean quien fueren, hablaron?

—Como vuesa merced —replicó el licenciado— no se canse más en persuadirme que oyó hablar a los perros, de muy buena gana oiré ese coloquio, que por ser escrito y notado del buen ingenio del señor alférez, ya le juzgo por bueno.

—Pues hay en esto otra cosa —dijo el alférez—: que, como yo estaba tan atento y tenía delicado el juicio, delicada, sotil y desocupada la memoria (merced a las muchas pasas y almendras que había comido), todo lo tomé de coro; y, casi por las mismas palabras que había oído, lo escribí otro día, sin buscar colores retóricas para adornarlo, ni qué añadir ni quitar para hacerle gustoso. No fue una noche sola la plática, que fueron dos consecutivamente, aunque yo no tengo escrita más de una, que es la vida de Berganza; y la del compañero Cipión pienso escribir (que fue la que se contó la noche segunda) cuando viere, o que ésta se crea, o, a lo menos, no se desprecie. El coloquio traigo en el seno; púselo en forma de coloquio por ahorrar de dijo Cipión, respondió Berganza, que suele alargar la escritura.

Y, en diciendo esto, sacó del pecho un cartapacio y le puso en las manos del licenciado, el cual le tomó riyéndose, y como haciendo burla de todo lo que había oído y de lo que pensaba leer.

—Yo me recuesto —dijo el alférez— en esta silla en tanto que vuesa merced lee, si quiere, esos sueños o disparates, que no tienen otra cosa de bueno si no es el poderlos dejar cuando enfaden.

—Haga vuesa merced su gusto —dijo Peralta—, que yo con brevedad me despediré desta letura.

Recostóse el alférez, abrió el licenciado el cartapacio, y en el principio vio que estaba puesto este título:

[Novela del coloquio de los perros]

El acabar el Coloquio el licenciado y el despertar el alférez fue todo a un tiempo; y el licenciado dijo:

—Aunque este coloquio sea fingido y nunca haya pasado, paréceme que está tan bien compuesto que puede el señor alférez pasar adelante con el segundo.

—Con ese parecer —respondió el alférez— me animaré y disporné a escribirle, sin ponerme más en disputas con vuesa merced si hablaron los perros o no.

A lo que dijo el licenciado:

—Señor alférez, no volvamos más a esa disputa. Yo alcanzo el artificio del Coloquio y la invención, y basta. Vámonos al Espolón a recrear los ojos del cuerpo, pues ya he recreado los del entendimiento.

—Vamos —dijo el alférez.

Y, con esto, se fueron.

Libros a la carta

A la carta es un servicio especializado para
empresas,
librerías,
bibliotecas,
editoriales
y centros de enseñanza;
y permite confeccionar libros que, por su formato y concepción, sirven a los propósitos más específicos de estas instituciones.

Las empresas nos encargan ediciones personalizadas para marketing editorial o para regalos institucionales. Y los interesados solicitan, a título personal, ediciones antiguas, o no disponibles en el mercado; y las acompañan con notas y comentarios críticos.

Las ediciones tienen como apoyo un libro de estilo con todo tipo de referencias sobre los criterios de tratamiento tipográfico aplicados a nuestros libros que puede ser consultado en Linkgua-ediciones.com .

Linkgua edita por encargo diferentes versiones de una misma obra con distintos tratamientos ortotipográficos (actualizaciones de carácter divulgativo de un clásico, o versiones estrictamente fieles a la edición original de referencia).

Este servicio de ediciones a la carta le permitirá, si usted se dedica a la enseñanza, tener una forma de hacer pública su interpretación de un texto y, sobre una versión digitalizada «base», usted podrá introducir interpretaciones del texto fuente. Es un tópico que los profesores denuncien en clase los desmanes de una edición, o vayan comentando errores de interpretación de un texto y esta es una solución útil a esa necesidad del mundo académico.

Asimismo publicamos de manera sistemática, en un mismo catálogo, tesis doctorales y actas de congresos académicos, que son distribuidas a través de nuestra Web.

El servicio de «libros a la carta» funciona de dos formas.

1. Tenemos un fondo de libros digitalizados que usted puede personalizar en tiradas de al menos cinco ejemplares. Estas personalizaciones pueden ser de todo tipo: añadir notas de clase para uso de un grupo de estudiantes, introducir logos corporativos para uso con fines de marketing empresarial, etc. etc.

2. Buscamos libros descatalogados de otras editoriales y los reeditamos en tiradas cortas a petición de un cliente.